La vie est si fragile

Eliane RICARD

La vie est si fragile

Recueil de nouvelles

© **2020** Eliane Ricard

Éditeur : BoD-Books on Demand,12/14 rond point des Champs Élysées, 75008 Paris, France

Impression : BoD-Books on Demand, Norderstedt, Allemagne
ISBN : 978-2-322-20529-5

Dépôt légal : mars 2020

Née en 1949, en Provence, de parents ouvriers agricoles, j'ai dû laisser ma passion de l'écriture de côté pour suivre d'autres chemins de la vie. Et puis, j'ai osé vivre mon rêve, suite à de gros problèmes de santé.

Des nouvelles ont vu le jour en 2016 " Mariage à la montagne " et " Retour sur mon île ".

En 2017 " Randonnée à travers les Alpilles " et en 2018 " Une chance sur un million ou Témoignage sur une maladie rare : le Purpura rhumatoïde ". Éditions Édilivre.

Je tenais à regrouper en recueil ces nouvelles écrites au fil du temps.

Juste pour passer du rêve à la réalité, enfin, à 70 ans.

Très sensibilisée au handicap, j'ai souhaité des interlignes larges et des caractères plus gros que la normale, afin d'apporter un confort de lecture aux personnes malvoyantes.

Page Facebook " Du rêve à la réalité, par Eliane Ricard auteur "

À mes proches pour lesquels je veux laisser une trace.
Avec tout mon amour.

À mes parents qui seraient fiers de moi.

À une amie de plume qui m'a beaucoup soutenue, encouragée et que je remercie du fond du cœur pour son aide, Corinne Falbet-Desmoulin.

"La vie est si fragile

Elle ne tient qu'à un fil

Aimer est un régal

Être aimé est vital "

anonyme.

LE ROI DU LUBÉRON

An 1862.

Après des années d'absence, mes compagnons regagnaient leur région natale, la Provence et je les accompagnais pour découvrir d'autres cieux.

Nous voguions sur la Méditerranée, pour une traversée de quelques jours avant d'arriver à Marseille.

Sur les flots, j'étais ballotté en tous sens, surpris par cet élément inconnu pour moi, toujours en mouvement au gré des vents. Je découvrais la saveur salé de l'embrun, le roulis, le tangage, les craquements des haubans, le claquement des voiles, le cri des marins, les coups de sifflets.

Mes compagnons ont été malades. La nourriture est frugale et ceux qui n'ont pas le pied marin vont nourrir les poissons dès la première bouchée avalée. J'ai découvert la vie à bord d'un voilier, les chansons à boire, les rires, les beuveries aussi.

Notre voilier transporte du fret et quelques rares passagers. Je me souviendrai longtemps de ce voyage. Je suis bien heureux que mes compagnons aient préféré faire la traversée sur cet ancien voilier plutôt que sur ces nouveaux bateaux à vapeur qui relient maintenant l'Algérie à la France. J'admire les mâts, bien droits, immenses, qui supportent les voiles que des marins lestes et agiles déploient à toute vitesse, sans crainte du vide ou de la chute.

Nous partageons une cabine étroite à plusieurs mais au diable l'inconfort, ce n'est que du provisoire, au bout du voyage nous attend la Provence et surtout le Lubéron, cher au cœur de mes compagnons.

Je n'avais jamais quitté mes montagnes du Haut-Atlas algérois et me trouver en pleine mer sur ce beau voilier me remplissait de joie et d'admiration pour ces charpentiers de marine qui avaient travaillé du matin au soir pour faire de lui ce beau coureur des mers sous sa voilure immense.

Un trois-mâts goélette blanc avec une belle sirène à la proue qui fendait l'eau. Une cloche de cuivre bien astiquée était tirée pour annoncer les repas, pris à tour de rôle par l'équipage, un qui travaille, un qui se repose, on appelle ça les quarts.

Le capitaine, sanglé dans son bel uniforme, surveille le sextant, jette un œil au loin avec sa longue vue de temps en temps. Il craint le mauvais temps et a bien hâte d'arriver à bon port sans encombre.

L'arrivée au port de Marseille se fit au petit matin dans la belle luminosité du soleil qui se lève.

Sur les quais, des ouvriers venus décharger les bateaux. Cela grouillait de monde, criait, gesticulait, faisait de grands gestes pour aider aux manœuvres.

Plusieurs bateaux étaient amarrés aux quais, sans doute arrivés la veille. Sans s'attarder, après avoir pris nos bagages, nous avons quitté le bord et pris le chemin d'une auberge dont mes amis avaient l'adresse. Facile à trouver, nous avons eu droit à un bel accueil de la part de l'aubergiste, un grand et fort bel homme avec un accent terrible du sud. Et un tablier blanc protégeant sa bedaine.

Affamés, nous fîmes honneur au bol de soupe bien épaisse et à l'omelette baveuse qu'il nous a préparée en un tour de main. Tout en mangeant, nous nous sommes renseignés sur les moyens de transports, malle-poste ou chevaux à louer afin de nous rendre à destination.

Le retour au pays se faisait pressant. Nous étions comme attirés par des aimants. L'absence pour eux avait duré trop longtemps.

Et puis, surtout, une grande tâche nous attendait, qui demanderait de la patience et de la chance aussi. Et des questionnements. Allais-je me plaire dans cette région nommée le Lubéron, si loin de mon pays d'origine ? Coin de Provence où débutent les Alpes. Mes amis étaient certains que je m'adapterais très vite à ce climat et que je ne resterais pas seul.

Après les années difficiles que le pays avait traversées, nous ne savions pas dans quel état serait le village où nous nous rendions. Ni de ceux que nous traverserions durant notre périple.

Nous avons fait le choix d'un chariot et d'un couple de chevaux de traits. Les routes sont très mal entretenues et par endroits deux attelages ne passent pas de front.

Bien avant la tombée de la nuit, nous faisons halte dans un relais de poste pour un bon repas chaud. Mais auparavant, nous avons dû présenter nos papiers aux gendarmes à cheval venus faire un contrôle. Nos chevaux ont été bichonnés dès l'arrivée par des palefreniers. Nous nous enroulons dans des couvertures pour dormir dans le foin, afin de surveiller notre chariot et son chargement.

La nuit s'est déroulée sans encombre, par chance nous n'avons pas eu affaire à des malfrats et au petit matin nous avons repris la route.

C'était la fin de l'hiver, avec une des dernières gelées blanches sans doute avant les beaux jours. L'air vif se faisait sentir à travers nos vêtements malgré nos houppelandes.

Ce n'était plus le vent marin, l'air iodé du large mais celui de la plaine. Au loin, les collines provençales, les oliviers, les chênes verts, les vignes, les champs, les fermes parsemées nous montraient un paysage complètement différent de celui que je connaissais.

Je n'avais pas d'autre choix que de me fier à mes amis, originaires de cette contrée.

Dans la matinée un vent glacial s'est levé, le Mistral, m'ont dit mes amis, un vent qui arrive du nord et souffle dans toute la vallée du Rhône jusqu'à la Méditerranée. Un vent qui peut durer trois jours ou plus, qui balaie le ciel sans nuages, qui fait se courber les arbres et les gens. Un vent que je ne connais pas mais ici ils connaissent le vent venant du Sahara, laissant partout du sable orangé, qui dit-on, enrichit la terre. Vent du sud, vent de la mer.

Mes amis sont intarissables sur les vents, la météo, les nuages, la nature. C'est vrai qu'ils sont de par leur métier très proches de la nature, ils sont agronomes, jardiniers, botanistes, un peu tout ça.

D'où le chariot et son chargement d'outils, d'affaires personnelles, un vrai bric à brac qu'ils ramènent d'Algérie. Ils y ont vécu de nombreuses années mais pour eux, la vie

outremer est finie. Une nouvelle vie les attend dans ce village où ils ont leurs racines. Et moi ?
Seul l'avenir nous le dira.

An 2017.

Mes descendants sont nombreux, je n'aurais pas pensé un instant qu'il en serait ainsi. Troisième génération, presque quatre.

Qui aurait parié aurait perdu. Mes amis ont réussi ce pari, de faire de moi ce qu'ils avaient en rêve.

Je suis, je suis ?

Devinez. Des petits cônes ramenés dans des sacs de toile bise ou dans leurs poches, transportés comme de l'or, ballottés tout au long de ce voyage d'Algérie en Provence.

Ils ont réussi à faire pousser les graines, qui ont grandi. La plante a poussé, pris des forces et a pu être replantée sur des terrains dont la terre était idéale pour ces beaux arbustes que nous sommes devenus. Arbustes puis de beaux arbres qu'on vient de loin admirer pour se promener en famille sous nos ombrages bleutés.

Mon bois est protégé, surveillé, je sers en menuiserie, charpentes et bien d'autres choses.

Je suis grand, immense même, je pousse sur des hectares de collines et même sur les pentes du Mont-Ventoux.

En 1956, un incendie a failli tout ravager mais j'ai su résister. J'orne aussi les jardins de grandes bastides parfois.

Toujours pas deviné ?

Je suis le Roi du Lubéron, le majestueux cèdre bleu venu de l'Atlas, nord de l'Afrique. Quel beau voyage et quel beau rapprochement des hommes et des continents !

SOUVENIRS
AU COIN DU FEU

Par ce froid d'hiver, j'ai envie de tricoter un bon pull, c'est de saison, au chaud devant ma cheminée.

Un pull fait de mes plus beaux souvenirs, si vous le voulez bien.

Une maille à l'endroit, une maille à l'envers, au fil du temps, avec un point irlandais et de belles torsades.

Si on tire le fil de la pelote, ce sont tous les souvenirs d'une vie qui se déroulent.

Un pull qui raconte ma vie au gré des fantaisies de la mémoire avant qu'elle ne se sauve. Car la mémoire est sélective, les souvenirs surgissent au hasard d'un mot, ils ont leurs vies.

On part pour une belle bataille de fleurs sur la

Promenade des Anglais à Nice en février 72. Vue splendide sur la Baie des Anges par un ciel radieux. De beaux chars, de la musique, des fleurs, des jolies filles, une belle ambiance de carnaval.

Cela vous donne envie d'en savoir plus ?

Restons par-là, en 76, et assistons au défilé de la Marine dans toute sa splendeur, venue de Toulon jusqu'à Monaco, Villefranche sur Mer et retour. Spectacle grandiose et rare, que nous avons pu admirer des hauteurs de Nice.

Et ces concours de feux d'artifice tirés depuis le port de Monaco ; chaque semaine un pays différent qui nous éblouissait de ses spectacles pyrotechniques. Lorsqu'on a vu ça une fois on est déçus par la suite, tellement les autres nous semblent insipides.

Continuons de tricoter, vers le massif de l'Estérel et ses forêts de mimosa, fleur emblématique des corsos de la région.

Autre temps, autre endroit, enfants, nous rejoignons les grands-parents à la montagne en dessus de Nyons. Dans une C4 que notre père avait acheté d'occasion.

La montée se faisait rude pour elle et parfois il fallait s'arrêter à une source qui coulait de la montagne pour remplir un bidon et le réservoir de la voiture qui chauffait. Il n'y avait pas la circulation de maintenant. À l'arrivée, nous retrouvions nos amies parisiennes qui louaient à côté de chez nous et de l'été on ne se quittait pas.

Une fois par semaine, nous partions en groupe et à pied au village voisin pour assister à une séance de cinéma en plein air.

J'y ai découvert le film « L'eau vive » avec la si belle chanson de Guy Béart.

Le retour se faisait dans la nuit, avec des rires et des cris de peur car nous longions un cimetière et on y voyait des feux follets.

Et nos fonds de culottes usés en glissant du haut des marnes comme un toboggan ! Ah, nous savions inventer des jeux mais aussi aider au ramassage des noix, les noyers par centaine bordaient la route.

Maille à l'envers.

Souvenir d'un survol en hélicoptère au-dessus de

Briançon; c'est mon cousin qui nous pilote et nous fait visiter son terrain de jeu à lui, la montagne enneigée qu'il surveille et dont il sauve les skieurs, randonneurs en danger, souvent au péril de sa propre vie. Impressionnante montagne enneigée, le refuge, les chamois...

La pelote se dévide, lentement mais sûrement.

Arrivée du premier poste de radio à la maison, le bonheur simple d'écouter les chansons, le jeu des Mille francs ou la pièce de théâtre du soir. Les nombreuses stations du poste faisaient rêver la petite fille de sept ans que j'étais, dont Hilversum. Pourquoi ce nom me revient ? J'ai passé du temps à lire le nom de toutes les stations de cette radio, en remuant le bouton pour chercher des voix quelque part dans le monde.

Est-ce pour ça que j'aurais voulu visiter tous les pays ?

Une maille à l'endroit et nous partons loin, en Martinique, séjour inoubliable à tous points de vue car nous y sommes arrivés un certain onze Septembre 2001. Quelle surprise d'apprendre cette nouvelle à l'atterrissage ! Froid dans le dos de penser que notre avion aurait pu être choisi ...

Mais heureusement pour nous, la traversée en bateau navette entre notre lieu de villégiature et Fort-de-France était ce qu'il fallait pour nous faire oublier chaque jour cette horreur.

Quelle belle île cette Madinina, île aux fleurs !

Premier matin à l'aube, sur la plage, seule au monde à regarder les lumières de la capitale s'éteindre, alors que le soleil se lève dans une belle couleur rosée.

Une maille à l'envers, croisement des aiguilles pour faire la torsade... La pelote diminue. Comme mes capacités à me souvenir de toute cette vie trop vite passée.

Aurai-je le temps de finir ce pull ? Mais oui, mes doigts encore agiles malgré l'âge font cliqueter les aiguilles mais celles du temps, ce n'est pas moi qui décide.

Une maille à l'endroit. Plage des Saintes Maries de la Mer, avec les cousines, le pique-nique préparé par maman, le passage sur le bac du petit-Rhône ... Les chevaux, les taureaux de Camargue et les cabanes de gardians, la saladelle, les joncs, les marais, les rizières les flamants roses...

Tout se bouscule, tout remonte à la surface, souvenirs d'enfance dans la simplicité et la découverte de la nature que notre papa aimait nous expliquer.

Souvenirs, souvenirs, que la mémoire est belle et surprenante ! Par magie, elle laisse de côté les mauvais souvenirs relégués au fond d'un coffre dont on a perdu si possible la clé. Pour ne garder que les bons souvenirs.

Maille à l'envers, torsade... Je me retrouve dans ce bus qui nous conduit à Paris en sortie scolaire, mars 63 ou 64 ? Je me souviens que j'ouvrais de grands yeux pour ne rien perdre de ce que je voyais. Monter à la capitale ! Nous y allions pour visiter le Salon de l'Agriculture car nous étions en collège filière agricole, les premières après ce qui avait été une école ménagère.

Grand changement dans cette France qui se modernisait. Sortie au théâtre un soir. Goût de la première baguette parisienne lors du premier petit-déjeuner à l'hôtel, différent du pain de ma campagne. Incroyable que ce souvenir remonte à la surface comme si c'était hier. Le tour de Paris pour visiter les monuments, dont Notre-Dame-de-Paris bien sûr et la fameuse Tour Eiffel.

Les clins d'œil et les échanges avec ce groupe de garçons venus en bus comme nous et que notre bus avait suivi longtemps sur la route à travers le Morvan.

Nous les avions retrouvés au Salon et partagé avec eux un repas à la cantine du Salon. En tout bien tout honneur.

Maille à l'endroit, la laine diminue …

Maille à l'envers, on se lève tôt pour aller aider papa à couper les salades, afin qu'il puisse les apporter au marché d'intérêt national. Courbées en deux sur la ligne de salades laitue bien paumées, coup de canif, enlèvement des feuilles qui étaient au contact de la terre et rangement dans les grandes bannettes d'osier que papa chargeait sur la remorque du tracteur et hop, direction le grand marché de Chateaurenard. Allait-il vendre son chargement à un prix correct ou revenir sans avoir eu d'acheteur ?

Serait-il content de ramener des sous à la maison ou triste, dégoûté d'avoir travaillé à perte ? L'offre et la demande… Les aléas du métier de paysan. Six enfants à nourrir, à élever avec pas grand-chose. Mais beaucoup d'amour pour compenser. La joie du papa nous apprenant les constellations les soirs d'été, inoubliable ! Et ses blagues en provençal…

Une maille à l'endroit. Ce sont les vendanges à Châteauneuf-du-Pape chez les parents d'une amie de lycée. Ou la cueillette des raisins à mettre en plateau pour la vente en « raisins de table » chez notre voisin.

Tous les étés, nous travaillions pour ramener notre paye aux parents, le lycée, l'internat coûtait cher, les fournitures aussi. Et nous nous faisions une joie de participer ainsi en aidant nos parents. Qu'aurions fait d'autre tout l'été, sinon ? Pas les moyens de partir en colonie.

Autre temps, personne ne songeait à se rebeller, c'était normal. Et impensable de rester au frais à jouer ou lire pendant que les parents se tuaient au travail pour nous.

Respect des générations. Dès quatorze ans, chacun aidait du mieux qu'il pouvait.

Torsade. 1988, voyage pour rejoindre des amis qui habitent vers Bitche en Moselle. On a longé le Doubs pour remonter vers le Territoire de Belfort, traversé l'Alsace si belle pour arriver en Moselle, si verte, couverte d'arbres, de belles forêts, des moulins partout et la fameuse Ligne Maginot que nous sommes allés visiter un après-midi. Onze degrés alors qu'on arrivait de Provence sous la canicule !

Des kilomètres de galeries souterraines, impressionnantes malgré le petit train qui nous promène. Cela marque les esprits. Surtout les enfants qui étudiaient ce passage d'Histoire en cours.

Maille à l'endroit.

Premier amour de jeunesse que je voyais en cachette des parents. Premiers émois des corps en ébullition. Nos hormones nous travaillaient beaucoup mais il fallait rester sage.

En allant danser avec son amoureux au bal du village voisin, se câliner le temps d'un slow …

Tout l'été chaque village a son bal, sa fête, on se retrouve tous à une fête ou une autre.

Les souvenirs fusent en désordre, ils veulent tous

s'échapper de la boîte où ils étaient rangés bien gentiment. Et la rencontre de celui qui m'a donné trois beaux enfants. L'amour de ma vie que j'ai suivi au bout du monde. Son métier l'envoyait deux ans outremer avec sa famille. Partante de suite. Sans savoir où mais séjour inoubliable finalement car après quarante ans, je suis toujours nostalgique de ce beau pays et ses habitants. La Polynésie. Des souvenirs en veux-tu, en voilà, sonores, visuels, photographiques, films, diapositives, tout est tellement beau.

Quand la tristesse m'envahit, je pose un CD dans le lecteur et je repars là-bas où la matinée débute en chansons, la journée finit en chansons et danses, chansons tout le temps... Rien de mieux pour éloigner les idées noires, qu'un air de ukulélé et de guitare !

Voilà, ma pelote se termine, je vais en rajouter une autre pour continuer mon pull.

J'espère que mon récit vous a plu. Et qu'il plaira à mes petits-enfants si un jour ma mémoire s'échappe pour de bon, on appelle ça la maladie d'Alzheimer. Je vous laisse, j'ai mon pull à terminer. Il n'a pas trop avancé, faire deux choses à la fois n'est pas recommandé car on risque de rater sa maille et d'avoir tout à recommencer.

L'INCONNU DU TÉLÉPHONE

Une petite lampe clignote sur le panneau mural. La jeune fille, écouteurs aux oreilles, introduit la fiche sous la lumière et s'annonce « Nice 110 je vous écoute » ; c'est le bureau de Digne qui appelle afin d'avoir une ligne et un numéro de téléphone à Nîmes.

Cette jeune fille, c'est moi Magali, standardiste à l'inter de Nice. Mon travail permet de relier les hommes entre eux, tel ce jeune couple séparé par la distance, lui au service militaire à Nîmes et elle qui l'attend à Digne et veut avoir de ses nouvelles.

Je fais la liaison entre les villes, petit maillon de cette chaîne du téléphone.

On est en 1972, un beau dimanche de février, c'est le carnaval à Nice. Mais je travaille, avec d'autres collègues, dans une grande salle au sol miroitant, ciré, salle pour l'inter, salle pour les renseignements, tableaux muraux de loupiotes et fiches, clés, tout un monde inconnu pour ceux pas autorisés à travailler là. Jours et nuits, dimanches ou fériés, il y a toujours quelqu'un pour répondre aux appels.

Voix anonymes, en permanence à guetter ces petites lumières rouges qui indiquent un appel, venant de toute la région niçoise surtout mais aussi de la France entière, et même d'Italie, pays limitrophe. Nous relions tous les bureaux de la région au reste de la France et du monde.

J'ai vingt et un an, venue à Nice pour mon travail, laissant ma famille et mes amis.

Avant de reprendre mon service du soir, j'ai pu assister à la grande parade, au défilé des chars, avec la musique et les flonflons, mon premier grand Carnaval.

Je suis un peu nostalgique, dehors c'est la fête et je suis seule, mes amis me manquent.

Aussi, lorsqu'au moment d'interrompre la ligne de la communication entre Digne et Nîmes, n'entendant plus rien, je procède comme d'habitude en prononçant la fameuse phrase « Terminé? Personne ? Je coupe ! », comme il est de rigueur, grande est ma surprise d'entendre une voix masculine me répondre « Attends, ne coupe pas. Qui es-tu ? »

Une voix chaude, douce, agréable. Tiens, du piquant dans ma soirée pour une fois ? Je réponds « Je suis Nice et toi ? » Et la belle voix d'homme me confie qu'il est militaire, venu aider un copain au standard de la base aérienne de Nîmes et qu'il va être muté sur Nice, qu'il aimerait des renseignements…

Je suis un peu surprise, n'ayant pas l'habitude de bavarder ainsi durant le travail mais c'est dimanche soir et je ne suis pas débordée. Calme plat au contraire. L'ennui me guette et je ne fais rien de mal.

Alors, je réponds aux questions de cette belle voix et finalement nous échangeons nos adresses.

On se quitte en se promettant de s'écrire et de se voir. Je termine mon service un peu sur les nuages, cette voix m'a troublée, j'avoue. Et je me mets à rêver. Qui sait ? C'est peut-être lui le prince charmant que j'attends.

Mais je ne dois pas rêver, je me remets à peine d'une rupture sentimentale. Par contre, je peux lui envoyer une carte postale de Nice, à ce bel inconnu. Je ne risque rien et ça m'amuse.

Aussi, avant de rejoindre mon studio, je passe par le tabac du coin acheter une carte, un petit mot et hop, direct dans la boîte aux lettres.

Je ne pouvais deviner que ce serait le début d'une longue correspondance entre cet inconnu et moi. Et à Nice, le courrier étant distribué deux fois par jour, j'ai souvent deux lettres de sa part dans la même journée.

De longues lettres qui racontent ses journées, ses rêves, et moi je réponds, je me confie aussi.

Cet inconnu est devenu mon confident. Je lui raconte mon chagrin d'amour, mes peines, ma rupture, ma solitude affective.

De lettres en lettres un lien se noue, quelque chose de plus fort que de l'amitié. Il me demande un jour une photo en m'envoyant la sienne. Disant qu'il a hâte de me rencontrer, de me connaître.

Il a l'impression, tout comme moi, que notre rencontre est magique.

Aussi, un jour, nous finissons par convenir de nous retrouver sur le parking près du Pont d'Avignon, lors d'un séjour dans ma famille. Car nos échanges se font aussi par téléphone et le son de sa voix me fait chavirer chaque fois le cœur.

Ce sentiment qui émane de nos échanges n'est-il qu'une impression ou la réalité ? Nos voix nous trahissent de plus en plus.

Oui, l'Amour est là, j'en ai bien peur. Je tremble de me tromper à nouveau. Et si j'avais fantasmé sur cette belle voix si chaude, si troublante ? Et si j'étais déçue ? Et si j'avais tort de m'emballer ainsi ?

Je me pose plein de questions. Ma meilleure amie, à qui je me suis confiée, me dit de foncer, qu'après tout c'est une expérience comme une autre et si ce n'est pas l'amour qui est au rendez-vous, ça peut être une belle amitié.

Et voilà le fameux samedi où l'on doit se retrouver, lui a une Fiat blanche, moi aussi, mais pas le même modèle.

Étrange coïncidence ?

Comme toujours, j'arrive en avance et je gamberge… Sur le point de partir pour fuir ce rendez-vous, renonçant à cette rencontre, moi la timide, je panique. Dans quel piège je me suis jetée ? Et le voilà devant moi !

Et tout a été facile, on se connaissait déjà bien avant cette correspondance, bien avant cette rencontre, c'est évident. Dans une autre vie, si vous y croyez.

Nous étions heureux de nous retrouver enfin.

Il me propose une balade, j'accepte, mais je sens que lui aussi n'a qu'une envie, m'embrasser, me toucher, me découvrir, me reconnaître. Comme après une longue séparation.

Le plus dur c'est oser, nos mains se frôlent, une caresse sur la joue. Mon cœur va exploser. Instant magique au moment où nos lèvres se rejoignent pour un baiser qui n'en finit plus.

Mais il faut nous séparer, et là, surprise ! Il ne veut pas me quitter et m'invite au restaurant. J'accepte à condition de rejoindre ensuite ma meilleure amie avec qui je devais aller au bal.

Repas découverte pour nous deux, vite expédié car on a hâte de retrouver mon amie.

Amie qui n'a pas été surprise de me voir arriver avec mon chevalier servant. Le temps d'un passage à la salle de bains pour se refaire une beauté, je lui demande ce qu'elle pense de lui, qu'elle voit enfin en chair et en os.

Je lui dis que je crains de paraitre plus grande que lui, car j'étais habitué à la taille « armoire à glace » de mon ex-petit-ami. Mon inconnu du téléphone a la même taille que moi. A part ce détail, je l'aime, telle est la réponse que je donne à mon amie, qui me confirme que nous formons un beau couple.

Enfin, nous pouvons partir rejoindre notre groupe d'amis au dancing. La soirée a été inoubliable et nous avons du mal à nous quitter.

Demain, je repars pour Nice et on se promet de se revoir, de se téléphoner, de s'écrire plus que jamais.

Le lendemain, orage sur la région et je décide de partir bien plus tôt que prévu sans passer par chez mon amie comme c'était entendu, afin de rejoindre Nice au plus vite.

La route, les essuie-glaces qui rythment un prénom, le sien… Déjà il me manque.

Je suis loin d'imaginer qu'il m'attend chez ma meilleure amie car il n'a pas pu s'empêcher de venir me retrouver et de me faire la surprise. Moi aussi je lui manquais.

Ce qu'elle a pu me raconter le soir même au téléphone dès mon arrivée au studio, car pendant que j'étais sur la route, tous les deux parlaient de moi !

Qu'il était amoureux fou de moi, un vrai coup de foudre…Inimaginable et pourtant réel.

Je n'avais qu'une hâte, le revoir, l'entendre, le toucher, passer ma vie à ses côtés !

Quinze jours après, des lettres et des coups de fil plus tard, il est là ! Il est à Nice et sonne à ma porte ! Lui, l'amour que j'attendais.

J'oublie avec lui mes intentions de rendre la monnaie de leur pièce à ces garçons, pour me venger de mon ex-petit-ami.

J'oublie tout, même les conseils de ma mère qui disait

« Attention aux garçons, ils ne pensent qu'à une chose ».

Oui, je n'ai qu'une envie, être dans ses bras, me fondre en lui, pour la vie.

UN MONDE NOUVEAU

Nous sommes en l'an 3000, rescapés de ce qui a été une civilisation de surconsommation.

Je suis rapporteur public lors des assemblées de village après avoir récolté les idées, les plaintes, les besoins de chacun. En 2050, notre planète a dévié de sa trajectoire, suite au lancer de deux bombes atomiques par les frères ennemis du continent asiatique.

Par miracle, elle s'est stabilisée en créant une zone tempérée, l'hiver n'existe plus mais il y a des plantes à profusion partout comme sous les tropiques avant le « big bang ».

C'est le retour à la terre pour beaucoup, car l'argent n'existe plus, on troque, on échange des fournitures, des services de toutes sortes.

Nous sommes revenus à des valeurs que l'on croyait oubliées, par la force des choses. Plus personne ne veut de l'ancien système qui a abouti à la folie des hommes, de la richesse pour certains, de la pauvreté pour beaucoup.

Finis les hypermarchés qui incitaient à consommer, à dépenser à crédit des mauvaises choses et qui nous empoisonnaient en utilisant trop de produits chimiques.

Notre santé en avait pâti, hélas, de plus en plus de cancers et de maladies rares avaient été l'aboutissement de ce délire industriel. Mon temps libre, je le passe à aider à la culture de la garance ou de l'épeautre ou du lin pour la fabrication des vêtements, tissage, teinture, etc... nécessaire à notre vêture ou nourriture.

Retour à la nature, obligé et nécessaire. Pour se soigner, pour se nourrir en redécouvrant le bienfait des plantes que la nature nous offre si généreusement. Pour s'habiller en utilisant le lin, le coton, le chanvre que l'on cultive et colore nous-mêmes.

Car tout a changé dans ce monde nouveau, comme vont vous le raconter notre chef de village Yann et sa femme

Mijo.

Nos enfants peuvent se rendrent à l'école à pied sans risques. Finis les véhicules pollueurs, nous n'utilisons plus que le vélo. Les papillons, les abeilles sont de retour après avoir failli être exterminés par l'usage intensif de désherbants.

Les oiseaux et les chauves-souris aussi, même ceux que nous ne pensions plus revoir. Nos champs sont labourés par de beaux chevaux de traits, à l'ancienne. Chacun de nous a son écurie, son potager, son poulailler, son verger afin de subvenir à ses besoins et de troquer avec les voisins le surplus.

Certains sont bergers de moutons mais le troupeau appartient à tous les membres de la communauté. Car oui, tout est en commun, maintenant. Finis pauvres ou riches, chacun est à la même enseigne d'égalité et ce n'est que mieux.

Certains diraient « Communisme » ? Non, nous sommes loin de cette idéologie du vingtième siècle. Il y a une assemblée des anciens qui se réunit tous les mois, basée sur les chefs de village en Nouvelle-Calédonie avec ses chefs coutumiers.

Fêtes à envisager, travaux agricoles, tout est discuté et tout le monde a son mot à dire. Chacun est habillé de longues robes de lin, et chaussé de sandales de corde tressée.

Les villes d'avant ont disparu, détruites par le séisme. Il ne reste que les vieux villages. Nos forêts de chênes, de pins, de hêtres sont resplendissantes de santé, bien entretenues.

Il nous arrive de nous y rendre pour faire corps avec la nature, se charger de leur énergie en les enlaçant, les touchant, les remerciant même.

Non, ce n'est pas fou mais un besoin de se ressourcer, c'est vital car la Nature nous donne de la force et les générations précédentes l'avaient oublié.

C'est une ère nouvelle qui a jailli de ce cataclysme et c'est tant mieux car les vraies valeurs se perdaient et on détruisait cette belle Terre en méprisant ainsi la Nature pour le profit de quelques grands groupes industriels et pharmaceutiques.

Notre bergerie a résisté, faite de pierres sèches, adossée à la colline. Dans les prairies paissent les moutons qui fournissent laine et viande à la communauté.

L'eau courante n'existe plus, les femmes lavent le linge au vieux et beau lavoir qui a repris du service, la source n'est pas tarie.

Le réseau électrique ne fonctionne plus, nous avons installé des éoliennes et des panneaux solaires. Le boulanger cuit son pain dans un vieux four à bois, à l'ancienne. Heureusement que ce savoir-faire a traversé les siècles.

Vers Grasse, ils ont remis en culture les champs de roses pour les parfumeurs, tout comme vers Tourrette et ses violettes.

Vers le Tanneron, le mimosa brille de tous ses feux, annonciateur du printemps. Il a résisté lui aussi.

Plus haut, dans les pins, les ruches bourdonnent du travail incessant des abeilles butineuses. Dans quelques temps, nous pourrons récolter le miel et nous le partagerons équitablement. Chacun aura sa part.

Finies les grandes industries alimentaires, les usines d'abattage des animaux élevés à coup d'hormones...Finis le TGV, les avions gros porteurs et les paquebots plus hauts que des immeubles. On est enfin revenus, grâce à ce « big bang » à des bases fondamentales que l'on avait délaissées, oubliées pour le profit. Utopie ? Non, juste retour des choses, juste retour à la Nature telle que l'on n'aurait jamais dû la perdre en cours de route.

Une meilleure alimentation et les gens ne sont plus malades ! À part quelques bobos bien sûr. Ce grand « big bang » a remis de l'ordre dans ce chaos qui était mauvais pour nous les Terriens. En espérant que cette leçon soit bénéfique pour tout un chacun. Et nos océans ne s'en portent que mieux, eux qui servaient de dépotoir, de poubelles à la planète. Nos animaux marins, baleines, dauphins ou tortues ne meurent plus étouffés par les sacs plastique. Cette pollution de la mer, de la terre et de l'air menait notre monde à la catastrophe directement.

Finalement, ce « big bang » a été, à mon avis, une

bonne chose car il a aidé à tout remettre en ordre, l'ordre de La Nature.

Si seulement cette leçon nous servait à garder la tête sur les épaules et à ne plus recommencer les mêmes bêtises !

Il est de notre devoir de transmettre aux générations suivantes cette leçon donnée par la Nature et de l'en remercier.

Que chacun transmette son savoir pour qu'il perdure au fil du temps.

Mijo prend alors la parole pour rappeler que les femmes aussi ont leur rôle à jouer dans cette transmission. Donner la vie est affaire de femmes, oui, mais aussi l'éducation, l'alimentation, les soins.

Que chacun et chacune ne se cantonne pas à son sexe mais à sa volonté, son désir de participer aux travaux de la communauté.

Une femme peut être charpentier ou maçon, boulangère ou bergère. Hommes ou femmes sont égaux pour de bon, enfin ! Même si elles seules peuvent donner la vie.

La nature est ainsi faite que l'on ne peut point changer.

Comme en Polynésie, on accepte sans tabous les personnes dites « transgenres » ou homo.

Plus de rejets ou de honte du tout et c'est tant mieux.

Comme en Polynésie, on fait adopter un enfant par une famille en manque s'il vient d'une famille nombreuse. Tout en gardant les liens avec sa famille d'origine. Et comme en Polynésie, on se bat pour garder vivantes nos traditions et nos langues régionales.

Vous, les amis de Séranon et sa région, n'oubliez pas que nous sommes un tout, chacun a besoin de l'autre un jour ou l'autre comme lors des inondations terribles dues au changement climatique.

L'entraide ! Dans le temps ils ont créé La Fête des Voisins ! Pour resserrer les liens car personne ne se connaissait alors qu'ils étaient voisins.

Chacun pour soi. Non, plus jamais ça. On se tutoie, on se dit bonjour, on sourit, on rend service sans se poser de questions.

Que cette générosité du cœur perdure pour que notre Terre continue à être une belle Terre généreuse telle que nous la connaissons maintenant.

Que nos foires agricoles continuent chaque année à participer aux échanges entre les régions, aux rencontres qui débouchent sur des mariages aussi, mariages d'amour bien sûr, vu qu'il n'y a plus d'argent du tout.

Tout le monde est à égalité. Les richesses sont celles du cœur, les vraies richesses.

Nous avons le devoir de vous raconter notre histoire afin que personne n'oublie ce que la folie des hommes peut engendrer.

Ainsi parlèrent Yann, chef du village de Séranon et son épouse Mijo pour que l'histoire ne se perde pas et que chacun la transmette, afin que les bêtises d'hier ne se reproduisent plus.

L'ÉTÉ DES RAISINS

Telle une ruche, tout le monde s'affaire à sa tâche, vite vite, pour ne pas louper le départ de l'estafette qui nous emportera à quelques kilomètres de là, sur une parcelle de vignes dont les raisins muscats sont prêts à point pour la cueillette. Nous sommes une dizaine de filles âgées entre quatorze et vingt ans, certaines venues spécialement des alentours de Marseille pour changer d'air et se remplir le porte-monnaie. Elles viennent chaque été, comme à la colo, logées et nourries par le patron. Je viens en voisine, nièce du patron, très intimidée car je n'ai pas leur aisance. Et, je l'avoue, je crains mon oncle, meneur d'hommes qui en impose. Au fond, il est un tendre mais il m'impressionne.

Je vais avoir quatorze ans, suis grande, solide et le

travail ne me fait pas peur, premier vrai travail pour lequel je serais payée en fin de semaine comme tout le monde.

Le camion nous dépose au début de la parcelle de vignes et nous récupérons brouettes, sécateurs, plateaux dans lesquels nous rangerons nos grappes. Tout un art. Chacune est responsable de sa rangée de ceps.

Et c'est parti pour une journée de travail, penchées pour dénicher les belles grappes. Ah, ces raisins ! Cachés sous les feuilles, un coup de sécateur pour libérer la grappe, l'examiner pour vérifier qu'il n'y ait pas de grains pourris au milieu et hop, la voilà alignée dans le plateau sur un lit de papier de soie qui protège des chocs. Et pas n'importe comment ! Selon la variété, il y a une façon ou une autre de les disposer joliment. Il ne faut surtout pas se tromper !

Si le matin pulls, vestes sont de rigueur, au fur et à mesure que le soleil monte dans le ciel on enlève une couche.

Pour se réchauffer, l'une d'entre nous distribue du café dans un grand bidon le matin. L'après-midi, ce sera l'arrosoir d'eau fraiche aromatisée à la réglisse, un délice.

Les filles chantent pour se donner du courage. Je les admire car elles sont libres, bien dans leur peau, pas timides, tout mon contraire.

Le repas de midi est pris ensemble, à la ferme à l'ombre sous le grand platane ou dans le hangar, c'est selon. Grandes tablées impressionnantes avec le Patron en bout de table qui préside. Je suis assise pas très loin et je n'en même pas large, allez savoir pourquoi ? Au point que j'ai du mal à avaler chaque bouchée et que j'ai le sentiment qu'il doit m'entendre avaler, comme si je faisais un bruit d'enfer en mastiquant !

Petit moment de détente ensuite, chacun faisant ce qu'il veut. Moi, je suivais ma tante qui avait préparé ce si bon repas, et ma cousine. On se mettait à l'ombre pour lire les « Lily hôtesse de l'air » de ma cousine, bavarder un peu avant de repartir.

L'heure venue, retour à la vigne en camion, et au fur et à mesure de l'après-midi, les plateaux s'alignaient et s'ajoutaient à ceux du matin. Vers dix-huit heures, le camion chargé à bloc filait vers le marché du raisin à

Caumont.

Et pour nous, c'était douche, les propriétaires ayant fait installer dans une grande buanderie plusieurs cabines de douche, grand luxe à cette époque. Chacune faisait sa lessive aussi.

Soirée quartier libre. Mais le samedi soir, c'était le départ ,entassées dans l'estafette dans une franche rigolade, direction le village voisin qui organisait son bal annuel. L'orchestre, les flonflons, les manèges comme le Grand Tourbillon Bleu, les auto-tamponneuses, l'odeur des chichis, des frites, des sandwichs qui nous prenaient le nez gentiment. Les retrouvailles avec les amis, un copain et une envolée sur la piste de danse dans un rock endiablé. Quelques amourettes naissaient entre les filles et les gars du village. Pour moi, toute jeunette encore, je découvrais cette vie de bohème, l'insouciance de ces « grandes » qui me fascinaient. Je me sentais moche et lente à côté d'elles, trop intimidée. Impression de ne pas être à ma place.

Plus tard, fini le raisin de table, ce sont les vendanges d'automne, autre méthode de travail, ponctuée par la fête des vendanges. Le village est parfumé au raisin écrasé, qui va donner du si bon vin, celui de la cuvée de Laure de Noves.

Cette période des raisins restera à jamais, pour moi, période de l'adolescence difficile, mal dans sa peau, à la recherche de sa vraie place dans cette vie. J'ai beaucoup appris au contact de ces filles libres, mais les deux mois de récolte du raisin n'ont pas suffi à transformer la chrysalide en beau papillon, il m'aurait fallu plus de temps pour apprendre à prendre confiance en moi. Car à la maison, tout se liguait contre moi, à longueur de journée j'entendais que je n'étais bonne à rien. Pourtant je faisais de mon mieux en m'occupant de mes cinq frères et sœurs, mais ce n'était pas suffisant. J'étais le souffre-douleur de la famille, les petits faisaient des bêtises et c'est moi qui en étais responsable ! Le moindre temps de libre, il fallait le passer à s'occuper d'une façon ou d'une autre, à éplucher des légumes ou des fruits afin de faire des conserves pour l'hiver, car pour nourrir une famille de huit personnes il en faut des provisions !

Je rêvais de m'envoler comme un papillon loin des soucis, pour retrouver le livre que j'étais en train de lire en cachette. Lire était une perte de temps !

Et tout était prétexte pour m'échapper dès que je le pouvais.

Liberté ! Liberté! Je chantais à tue-tête à travers les prés pour aller me réfugier loin des autres avec mon livre. Et je faisais voler des nuées de papillons. J'étais heureuse.

Concours de nouvelles de polars :
Thème imposé : « La médiathèque a été cambriolée.
Pourquoi ; comment ? Qui mène l'enquête ? Sur 2 pages.

À ma grande surprise j'ai gagné le 1ER prix ! Mon premier polar.

QUI A VOLÉ NOS TRÉSORS ?

« Allo, la gendarmerie ? Ici le Directeur de la Médiathèque de Noves et je vous signale un vol par effraction cette nuit. Venez vite. »

Julie Destours, de la gendarmerie de Châteaurenard part immédiatement avec son bras droit, le jeune Hippolyte Graveyron, tout juste sorti de l'école de la gendarmerie.

Les cinq kilomètres les reliant à Noves sont vite avalés avec la jeep de service. Et sur place, ils découvrent à l'arrière du bâtiment une fenêtre aux vitres cassées, une échelle encore en place, des empreintes de pas dans la terre fraîche pas encore engazonnée de cette partie se trouvant à l'opposé de l'accueil.

Hippolyte va demander à tout le personnel présent de se rassembler dans une grande salle. L'accueil au public restera fermé par la force des choses, enquête oblige.

Julie, elle, visite avec le Directeur et ne peut que constater les dégâts. Il ne manquerait que trois livres importants sur l'Histoire de Noves et pourquoi eux ?

- La Tarasco de NOVO ;
- Faits et divers à Noves au XIVe siècle ;
- Enquête sur le Moulin de la Roque.

Ces trois livres n'ont rien en commun, pourquoi les voler ? se dit-elle.

« Allo la scientifique ? J'ai du travail pour vous en urgence, empreintes et tout et tout… »

Julie, calme et posée, grande brune à la queue de cheval, a déjà pas mal d'expériences derrière elle mais ce vol la laisse perplexe. En attendant la scientifique, elle rejoint Hippolyte pour interroger tout le monde.

Deux hommes qui s'occupent des gros travaux s'il faut transporter des caisses de livres d'un étage à l'autre, par exemple. Et trois femmes, une jeunette qui débute et deux plus âgées qui sont là depuis le début de la Médiathèque.

Hippolyte a noté sur un calepin au fur et à mesure ce que veulent bien lui confier les cinq personnes présentes mais qui n'ont rien vu. La plus jeune, hypersensible, craque, pleure, il faut la consoler et Hippolyte s'en charge.

L'interrogatoire a permis de mieux situer les objets volés, chacun dans un étage différent, éloignés l'un de l'autre. Ce qui fait penser à Julie que les voleurs étaient au moins deux !

Elle pense aussi que la scientifique saura déterminer les pointures de chaussures sur la terre autour de l'échelle.

La mise en situation détermine la place de chaque personnel au moment de la découverte du vol. L'un, grand, barbe à la Jésus, cheveux bouclés longs, poussait un chariot chargé de livres qui partaient à la cave... Un autre petit et maigre rangeait des livres sur une étagère dans un bel ordre. Le troisième personnage étant le

Directeur lui-même car il lui arrive de mettre la main à la pâte pour ne pas prendre du retard. Cela le fait sortir de son bureau, où justement ces trois livres se trouvaient pour participer à une rétrospective sur Noves le mois prochain.

Qui savait que ces livres étaient réunis dans le bureau du Directeur ? Directeur bien dans son rôle, costume trois pièces, lunettes foncées, barbichette et cheveux grisonnants. Il est là depuis l'ouverture de la Médiathèque et a toute la confiance du Maire et de son personnel.

La scientifique a pris les empreintes de tout le monde, relevées sur divers objets, vérifié tout de fond en comble dans la pièce concernée et au pied de l'échelle. Et surprise, empreintes de pas exploitables ; empreintes sur les carreaux et les montants de l'échelle exploitables aussi !

On a affaire à des débutants qui ont paniqué et pas pris le temps d'effacer leurs traces. Sans oublier la trace de pneu de scooter plus loin, exploitable aussi ! « La chance est pour nous », dit Julie à Hippolyte. Tous les indices exploitables sont expédiés au service d'Investigation, il ne reste plus qu'à attendre les résultats.

Julie est certaine que ce vol a été fait sans préméditation, par deux jeunes en scooter, surtout motivés par l'Histoire de Noves, peut-être qu'une histoire de famille relie ces 3 livres ?

Il lui faut trouver un ancien qui connaisse par cœur l'Histoire de Noves et ces livres en particulier Et elle le déniche au Domaine de Villargelle, grande et belle propriété, au Sud de Noves, sur la grande route menant à Saint-Rémy. Il est le vieux régisseur, vivant là depuis plus de cinquante ans ; la Mémoire du village !

On arrive à Villargelle par un grand chemin blanc bordé de platanes et ce petit château est superbe dans son écrin de verdure. Adrien, le vieux régisseur reçoit Julie et Hippolyte devant un café et se met à parler de ce qui intéresse nos gendarmes. Ces livres sont en fait l'Histoire des familles de Noves depuis des générations. Et certains disent qu'on peut y découvrir la trace d'un trésor caché au moulin de La Roque ou vers le Pieu. Tout serait lié à notre belle dame Laure de Noves dont Pétrarque tomba amoureux fou.

Avec la mode des jeux de rôles en habits historiques, ces livres peuvent donner de quoi alimenter les jeunes esprits en quête d'aventure grandeur nature.

Justement, Hippolyte a trouvé un site spécialisé pour ce genre de jeux. Se faisant passer pour un ado en mal d'aventure, il obtient le lieu de rendez-vous de la prochaine sortie en habits d'époque, située dans les ruines du vieux château de Châteaurenard dont il ne reste que les tours. On disait qu'un tunnel reliait les deux villes dans le temps.

Et voilà notre Hippolyte embarqué dans un jeu de rôles afin de percer le mystère du vol de ces trois livres. Le rendez-vous est pour samedi qui vient !

Le jour venu, il se déguise en meunier enfariné. Et se retrouve parmi un curé d'époque, un notaire, un prince, une belle dame dans des atours somptueux du XIVe siècle, un bucheron, une marchande de fruits, une lavandière, un bateleur et son singe sur l'épaule… Toute une assemblée déguisée qui jouait à vivre comme au XIVe siècle. Et à un moment donné, une cloche retentit, silence sur la foule.

Le prince prend la parole et se met à lire le livre sur «Les Faits divers à Noves au XIVe siècle ». Chacun écoute attentivement. De temps en temps, on reconnait un nom de famille porté encore de nos jours. Est-ce-là le lien qui relie ce vol ? Puis l'avocat prend la place du prince et commence la lecture de « L'enquête sur le Moulin de La Roque » et là aussi, noms de familles très connues dans le village. Et enfin c'est le tour du troisième livre « La Tarasco de Novo » ; lu, celui-ci par la belle dame aux beaux atours.

Hippolyte est perdu, il a du mal à relier tout ça. Mais il enregistre tout et demain il fera son rapport à Julie.

À deux, ils devraient trouver le pourquoi de cette réunion. En souhaitant que les participants par la suite crachent le morceau comme on dit.

Le lendemain, Julie décide de retourner à la prochaine réunion de ce beau monde, prévue le soir même d'après ce qu'Hippolyte a entendu. Mais pour faire des arrestations avec du renfort. Ce qui fut fait, avec plusieurs véhicules pour embarquer les participants. Au poste de gendarmerie, c'est l'effervescence, tout le monde est mis à contribution pour relever les identités, prendre les empreintes, croiser les fichiers.

Julie interroge elle-même la dame aux beaux atours, qui se révèle être un personnage important de la vie de la région provençale. Elle explique sans se faire prier le pourquoi de ce vol et le but de ces jeux de rôle. Essayer de comprendre mieux les textes, trouver ce qu'il se cache derrière les mots, se fondre dans les personnages de l'époque. Pour trouver La solution ! Le groupe compte ainsi mener à bien la recherche de ce trésor oublié. Et le partager avec les familles concernées. Il fallait pour cela impérativement lire à trois voix le contenu de ces livres aux tours de Châteaurenard. C'est elle qui avait tout organisé, mandatant deux jeunes adolescents de sa famille pour effectuer le vol des livres. Qui ont pêché par leur jeunesse en oubliant d'effacer leurs traces.

Heureusement pour la médiathèque qui retrouvera ses livres après la clôture de l'enquête. Le trésor, si trésor il y a, restera à jamais dans sa cachette Les indices pour le retrouver sont trop éparpillés, trop bien cachés aussi.

Julie s'était bien trompée, les jeunes avaient bien agi sur ordre. Pour elle l'enquête se termine, la justice fera le reste, mais ce trésor ? Existe-il vraiment ? On peut continuer à y croire. Tout est bien qui finit bien pour la médiathèque.

L'HISTOIRE DE MARJOLAINE

Il était une fois...

Tu y crois toi, aux contes de fées, aux princesses et aux princes charmants ?

Il est loin le temps de La Belle au Bois Dormant, Cendrillon et sa copine Blanche-Neige.

Tu veux que je te raconte une belle histoire d'amour ?

Celle d'une jeune femme du vingtième siècle tombée amoureuse d'un beau parleur (mais ça, elle ne le découvrira que bien plus tard).

C'était mon amie Marjolaine.

Coup de foudre de part et d'autre d'une ligne téléphonique avant la rencontre, puis le premier baiser et plus si affinités comme on dit.

Un mariage suit, en plein été. Un bébé qui s'annonce

très vite. Que du bonheur pour les années à venir, remplies de promesses pour cette vie à deux puis à trois.

Une vie familiale ponctuée de déménagements au gré des affectations du Prince Charmant mais que, voyageuse dans l'âme, la jeune femme apprécie.

Ainsi va la vie, un deuxième bébé puis un troisième... Un joli nid sera construit, au propre comme au figuré.

Étant fixés définitivement, Marjolaine reprend son métier abandonné pour élever ses enfants, avec les difficultés que cela engendre pour tout concilier. Les années passent et arrive le vingtième anniversaire de mariage.

Marjolaine espère fêter ce bel anniversaire comme il se doit mais....

Donnons-lui la parole, elle te parlera mieux que moi de ce qui lui est arrivé.

Voilà :

Un jour, tu rentres du travail après une journée bien fatigante, tu aspires au calme, à la détente mais le courrier et les factures te font un pied de nez, là, sur le rebord de la table où tu les as jetés en entrant...

C'est le 2 octobre 1992, date inoubliable.

Tu te sers un verre d'eau, tu te déchausses pour te mettre à l'aise et prenant ton courage à deux mains, tu ouvres les factures : l'une est un relevé mensuel de la carte de crédit, l'autre le relevé des communications passées par la carte d'abonnement téléphonique que nous avons. Les téléphones portables ne sont pas encore à la mode en ce début des années 90.

Et en pointant, en comparant, te voilà à jouer Sherlock Holmes, à te poser des questions car le doute s'installe dans ta tête. Mais ce n'est pas possible, non ! À cette date ton amour, ta vie, était en déplacement à Montluçon, d'après ses dires...

Pourquoi des achats à l'autre bout de notre département ? Du bricolage ? Une note de restaurant ? Un canapé ?

Ça veut dire quoi ?

Notre argent part en fumée pour quoi ? Pour qui ? Ton

cœur est sur le point d'exploser. Tu n'oses imaginer ce que cela veut dire ! Non, ce n'est pas possible, il t'aime, il ne t'a pas fait ça !

Bien sûr, ton amour est loin, en Afrique pour son travail, parti dix jours ; le joindre ce n'est pas facile, et il ne rentre que dans six jours !

Six longs jours à attendre des explications, six longs jours à se faire tout un cinéma dans sa tête pour essayer de comprendre ce qui arrive, ce qui te tombe dessus pire qu'un orage de grêle sans prévenir.

Alors, brusquement, tu te découvres un tas d'activités pour oublier, pour patienter. Ces six jours seront les plus longs de ta vie. Ne rien dire aux enfants pour le moment, faire comme d'habitude… Demander de l'aide à qui ? Se confier à qui ?

Tiens, justement, Belle-maman est là, elle passe quelques jours avec nous après sa cure thermale. Elle et toi vous êtes très proches, alors tu te confies car ce secret est trop lourd à porter. Mais c'est son fils, elle te dit d'attendre son retour et de voir avec lui.

Merci du conseil, belle-maman !

Et cette boule qui s'installe dans ta gorge alors que tu ne l'as pas invitée ! Tes mâchoires qui se serrent à faire mal !

Que c'est dur de ne pouvoir rien dire ! De ne pouvoir pleurer, crier, se libérer du chagrin qui est en train de monter, de monter en vous car insidieusement, le doute s'installe, votre amour a une double vie et le pire c'est qu'il a tout fait pour que tu le découvres sans se mouiller.

Il savait très bien que les relevés de compte allaient arriver, que tu t'occupes des comptes et donc, en plein dans le pif ma belle !

Et te voilà à dépenser ton énergie en jardinage, à tailler les romarins, à repeindre les volets que ton amour avait laissés en plan…

Tu débordes d'énergie du matin au soir, tu dors comme un bébé, toi qui dormais si mal à ses côtés, tiens c'est bizarre ça, c'est vrai ! Une pêche d'enfer comme jamais tu n'as eue, une envie de déplacer des montagnes du matin très tôt au soir très tard !

Demain tu accompagnes Belle-maman à la gare, elle repart chez elle, vers son mari. Sans te douter que c'est la dernière fois que tu la vois.

Tu rentres chez toi, les enfants sont à l'école, au lycée, tu peux enfin laisser libre cours à tes larmes mais le travail t'attend, alors pas le temps de s'apitoyer. Une bonne douche mais elle n'effacera pas le chagrin qui se lit sur ton visage.

Malgré tout, il faudra faire bonne figure devant les collègues, devant les clients…

Que les journées sont longues quand on doit chasser de son esprit ces pensées parasites qui, telles le diable, viennent t'agacer, te perturber au risque de faire des bêtises, allons, concentre toi ma belle !

Et les jours passent, avec cette boule au ventre… Que faire ? Que dire ? C'est quoi la suite ? Faire semblant devant les enfants, ne pas les perturber, essayer de vivre normalement.

Et lui, il revient de son séjour au Tchad. Dommage pour moi, il a téléphoné à sa mère de l'aéroport et il est au courant que je suis au courant ! De Paris à la maison, il a eu le temps de cogiter sur ce qu'il va me dire. Et si mon accueil est froid, il sait pourquoi mais les enfants sont là.

Après le repas, on se retrouve seuls et le temps est venu de parler, lui et moi. J'ai préparé sur une feuille le bilan de nos finances, catastrophique suite à ses dépenses. Je peux retracer ses déplacements, ses mensonges et face à çà il ne peut rien dire, il se ferme. Un mur ! J'ai un mur de silence devant moi.

L'heure tourne, il se fait tard, demain je commence mon travail à six heures, donc je dois me lever tôt. Discussion impossible. Je lui donne le choix : notre chambre s'il tient à moi, ou la chambre d'amis ; moi je dois aller me coucher, je suis épuisé.

Bizarrement, je m'endors rapidement et au matin, sa place est vide…

Il n'a pas dormi là, sans doute est-il allé rejoindre sa maîtresse ? Pas le temps de réfléchir à ça, je dois aller au travail, c'est un samedi et comme tous les samedis il y aura du monde et je serais trop occupée pour m'appesantir sur ce qui m'arrive, c'est préférable.

Comme prévu, la salle est pleine de monde, les gens s'énervent, certains attendent sur les marches, ça promet ; et nous sommes quatre guichetières face à cette foule. Une bonne respiration et hop, la journée commence, premier client qui vient chercher son colis, je file dans la pièce où les colis en attente sont rangés par ordre alphabétique. Un gros colis, je dois utiliser le chariot afin de le rouler jusqu'à la porte de service où le client vient le récupérer, au revoir monsieur, bonne journée.

Je rejoins ma place, cette fois un recommandé à retirer, pas le temps de m'asseoir, je fais quelques pas pour accéder au grand bac tournant où sont rangés les recommandés en instance. Classement par journée, facile à trouver la lettre, que je donne à signer à la personne après avoir vérifié son identité, c'est sérieux un recommandé, on ne le donne pas à n'importe qui.

Nous n'avons pas le temps de respirer, c'est le travail à la chaîne.

Enfin un client qui veut faire un retrait de son livret

d'épargne pour le mettre sur son compte courant. Je peux m'asseoir, je le connais, même pas le temps de faire un brin de conversation, opération vite faite ; avec l'ordinateur maintenant c'est facile, sauf si l'imprimante se plante, et là, il faut garder son calme, ne pas s'énerver !

Lorsque j'ai débuté à la Poste, il fallait tout écrire à la main, bien aligner les chiffres, ne pas se tromper dans les additions ou soustractions !

Je peux dire à mes petits-enfants que j'ai traversé le siècle et connu toutes les modifications, les transformations dues au modernisme, que ce soit le téléphone à l'ancienne, avec l'opératrice que l'on appelait (j'en ai fait partie et c'est ainsi que je l'ai connu, lui mon amour) l'ordinateur, le minitel, le fax, le terminal de paiement aussi.

Mes pensées m'ont éloignée mais je sers toujours mes clients, un carnet de timbres, un emballage, une carte de téléphone, un fax à envoyer, un mandat à expédier, vraie liste digne de Prévert, encaisser, rendre la monnaie, ne pas se tromper.

On est en octobre 92 et le franc existe encore.

Ouf j'ai droit à ma pause, vite aux toilettes, se laver les mains, sortir dans la cour pour respirer un grand coup et boire un café léger, manger un croissant qu'un collègue facteur nous a gentiment apporté ce matin.

L'entente est excellente avec nos collègues facteurs, je pense que ça le rend jaloux, mon amour, de me savoir entourée d'hommes toute la journée (il y a bien des femmes à son travail).

Retour au guichet, ma voisine prend sa pause à son tour, c'est règlementaire même si les gens rouspètent

La matinée passe, bientôt la fermeture des portes, les comptes à faire, ne pas se planter, l'angoisse de l'erreur de caisse, compter les timbres, les cartes, les enveloppes, tout le stock que l'on a et qui s'allonge un peu plus depuis que l'on sait que la poste va être privatisée dans un futur proche, que l'on nous demande du rendement, faire du chiffre.

Et moi, ce n'est pas ma mentalité, je vis mal cette

période de changement, je stresse sans le vouloir et voilà que ma vie va être bouleversée par un tsunami que je n'ai pas vu venir,

Le quatre Octobre, j'avais réservé une sortie en amoureux depuis longtemps sur une péniche-restaurant mais il n'est pas là et c'est notre fille qui le remplace. Très jolie balade sur le Rhône jusqu'à Arles, très bon repas, belle ambiance, mais le cœur n'y est pas et notre puce ne comprend pas l'absence de son père.

Que va-t-il faire, lui qui dévaste ma vie, mon cœur, nos enfants, nos projets, plus rien ne compte pour lui ? Il balaie tout sans regarder autour de lui le mal qu'il va faire ?

Que vais-je dire aux enfants à mon retour à la maison ?

Il est parti comme un voleur, sans rien dire, sans explications, mais après avoir vidé les comptes... Plus tard je saurai qu'il a changé de banque pour sa paye de l'armée, ne laissant rien pour régler les crédits de la maison ! Une lettre arrive pour lui, un garage qui lui réclame le paiement de la facture de sa voiture, je n'étais pas au courant !

Chaque jour qui passe, je descends les degrés de la déception, je ne comprends plus et lui, évite toute discussion, toute explication ; j'ai mis noir sur blanc la liste de ses dépenses, ce que l'on doit payer, ce qu'il a vidé sur les comptes épargnes, une somme vertigineuse pour nous qui avons du mal à mettre de l'argent de côté.

Son nouveau boulot a bon dos, il lui permet de s'absenter, il dit être à tel endroit alors qu'il est ailleurs, chez l'autre.

Je dois faire un travail de fourmi pour coller les dates aux dépenses, et je réalise la profondeur du gouffre dans lequel il nous a fait tomber, nos enfants et moi.

Je n'ai plus d'appétit mais une énergie décuplée, les jours passent et revoilà le week-end.

Cette fois, je ne travaille pas et me consacre au ménage de la maison.

Lui ? Dieu seul sait où il est. J'attaque la salle de bain et sur la tablette du lavabo il y a ses affaires de rasage, sa brosse à dents qui l'attendent, son eau de toilette aussi.

D'un coup, je ne veux plus les voir, je jette tout dans un sac, la colère retenue tous ces jours explose et je me retrouve à virer ses vêtements de la penderie quand notre second fils arrive.

À ma surprise, il me dit : « attends, je vais t'aider » et part au grenier chercher des valises. Il a compris tout seul la situation. Et me voilà à les remplir, jetant tout en vrac,

Que ça fait du bien ! Au moins, ce sera prêt lorsqu'il reviendra. Il ne veut plus partager notre vie ? Qu'il fiche le camp et nous débarrasse le plancher !

Il a eu le choix, aurait pu s'excuser, reconnaître ses torts, avoir perdu la tête que sais-je ? Non, il s'enfonce dans ses bêtises, ses mensonges, ne tient pas parole.

Je n'ai pas voulu cette situation, je la subis et j'essaie de me tenir la tête hors de l'eau, pour mes enfants.

Sinon je me laisserais couler, couler mais je n'y pense même pas, je dois me battre !

Et arrive le fameux week-end de la foire de Cavaillon où il a décidé d'emmener avec lui notre fille, qui vient juste d'avoir douze ans. Il n'a rien expliqué à personne et de but en blanc, il veut que notre fille passe la journée avec sa maitresse ! Sans savoir s'il va refaire sa vie si vite avec elle, il se précipite et il demande un droit de visite alors que rien n'est officiel, rien n'est fait, il y a juste un mois qu'il est parti !

Et pour moi, pas question que ma puce rencontre cette pétasse, ah non ! Il le prend mal, s'énerve, le ton monte, il veut m'attraper par mon col de chemise et m'étrangler ou me secouer ? Me taper ? Ce qu'il n'a jamais fait.

Notre fils ainé entend de sa chambre et se précipite pour nous séparer, il était en train de me secouer comme un prunier. Et notre puce, du bout du couloir, assiste à ça, quel spectacle ! Elle pleure, dans tous ses états.

Il part avec ses bagages, nous menaçant... Je console ma puce comme je peux puis je la laisse sous la surveillance de son grand frère, je dois aller voir le médecin.

J'ai bien été secoué, les cervicales en ont pris un coup, et moralement je craque. Le médecin me conseille de porter plainte et je me retrouve au commissariat en train de déposer une main-courante, quelle épreuve encore !

Je suis soutenue par une amie et son papa, heureusement. Par quoi faut-il passer ! Pourquoi en arriver là ?

Il en découle la seule chose possible, entamer une procédure de divorce, chose que je n'aurais jamais imaginé tant nous nous aimions.

Je dois nous trouver un autre logement aussi car il est impensable de rester dans ce qui a été notre nid.

Et une fois le doigt dans l'engrenage de la justice....

Notre jolie maison, mise en vente... Déménagement en appartement ... Visite de l'huissier car bien sûr, des impayés s'accumulent... Mais lui est bien à l'abri, parti sans laisser d'adresse, je me retrouve seule à assumer.

Déclaration auprès de la Banque de France pour un dossier de surendettement, vu que je dois faire face comme un brave petit soldat et éponger les dettes qu'il m'a laissées.

Vente presque forcée de notre nid familial, bradé car l'immobilier est en chute libre ... c'est ça ou la vente aux enchères. Celui qui l'achète fait une belle affaire, lui.

Sans compter la procédure de la Banque contre nous, car la vente de la maison n'a pas tout épongé !

Je me bats, je me débats, pour me justifier, trouver des solutions, la justice est lente, trop lente : dix ans de procédure qui ruinent ma santé, mon moral et mes finances.

Nos fils ont quitté le nid, par la force des choses, avec par chance un travail. Et notre fille, elle grandit bien, difficilement, très perturbée et tiraillée par son amour pour lui.

J'assume comme je peux mon rôle de maman solo, faisant face.

Mais à quel prix ?

Je saurai plus tard que ce choc émotionnel a fait dérailler ma thyroïde. J'ai en effet perdu quinze kilos en deux mois ; j'étais en hyperthyroïdie durant une année puis nouveau choc, me voilà en hypothyroïdie, avec tous les inconvénients de cette maladie, passée à la trappe car j'étais déclarée « en dépression », belle étiquette fourre-tout.

En attendant, les conseils de nos meilleurs amis venus pour la communion de notre fille ne l'ont pas fait renoncer à sa maitresse, il avait soi-disant peur de mes reproches s'il revenait.

Cette communion ! Mes parents venus assister à cette cérémonie, surpris de voir le papa de ma fille présent m'ont demandé de choisir ! Entre eux et lui ! Pour eux, pas question de faire un repas de fête avec un traitre …

Et j'ai dû laisser repartir mes parents pour que le papa de notre fille profite de nos amis venus de très loin. Décision difficile, ils m'en ont voulu longtemps.

J'aurais pu pardonner, s'il avait reconnu ses torts, mais non, c'était trop lui demander. Ce soir-là, il aurait pu partager à nouveau ma vie, si seulement il avait dit «Pardon je regrette ».

Il y a eu l'enterrement de notre ami, comme un frère pour lui, où l'on s'est retrouvés tous les cinq comme la belle-famille que nous étions.

Et les amis pas vus depuis longtemps qui nous

croyaient encore ensemble…Image parfaite de la jolie famille soudée ! Le laisser partir ensuite rejoindre sa bobonne, il a fallu que je m'accroche le cœur pour qu'il se ne sauve pas de ma poitrine !

Le retenir n'aurait servi à rien, tout était dit. Trop orgueilleux, il n'était pas question pour lui de revenir en arrière.

Et puis, le temps passant, je n'ai que désillusions sur son comportement. À me demander si j'ai vécu vingt ans auprès d'un inconnu finalement ?

On croit connaître une personne mais non, on découvre d'autres facettes par la suite, comme lorsque j'apprends qu'il allait danser avec bobonne en boite, lui qui avait horreur de ça ! Qui j'ai aimé ?

Celui avec qui j'ai vécu et eu des enfants ou cet inconnu qui parade au bras de sa Maya comme on la surnomme (elle portait une robe rayée noire et orange comme Maya l'abeille le jour où un ami les a croisés, et ce surnom lui est resté) ?

Et la conciliation au tribunal, devant le juge, souvenir

horrible.

J'étais comme détachée de mon corps, n'y croyant pas.

Et le jour de la signature de la vente de notre maison chez le notaire, à hurler... mais non, j'ai fait bonne figure alors que nous vendions à perte et que l'acheteur faisait plus qu'une bonne affaire !

Ma signature apposée, j'ai dû courir aux toilettes pour vomir et pleurer.

Le lendemain, j'avais au courrier une lettre de sa part, postée après ce rendez-vous, lettre pas piquée des vers où il m'accusait de tous les maux... Le proverbe dit « Qui veut noyer son chien l'accuse de la rage ».

Mais oui, tout était de ma faute...

Et il m'en a voulu ensuite pour la prestation compensatoire que m'a attribuée le juge...

Et plus tard, comme il ne participait plus financièrement à ce dont ce juge l'avait« condamné », j'ai dû faire intervenir encore la justice, mais comme il était «introuvable » il a fallu employer les grands moyens et prélever à la source directement.

Choc, le jour où j'apprends qu'il s'est remarié. Il n'a même pas eu la politesse de me prévenir.

Choc, le jour où je lis un article sur une revue disant que garder le nom d'épouse sans y avoir été autorisée par le juge lors du divorce était passible d'une forte amende et de prison même …

Mon avocate avait « oublié » de demander cette autorisation et m'avait dit par la suite de ne pas m'inquiéter pour ça.

Cet article m'a fait peur et j'ai dû refaire mes papiers d'identité à mon grand désespoir car j'avais l'impression de perdre encore plus. Ne plus avoir le même nom de famille que mes enfants c'était un arrachement !

Et lui se la coulait douce, à roucouler dans sa nouvelle vie, sa nouvelle région pendant que j'avais le mauvais rôle.

Des reproches, j'en ai eu. Mais on fait au jour le jour, comme l'on peut. Il n'y a pas de guide pour survivre à ce genre de situation.

Élever notre fille seule sans lui, cela a été dur.

Chaque fois qu'elle devait aller chez son père, le drame.

Au point qu'il a fallu voir le juge des affaires familiales qui, à partir de ses treize ans, l'a autorisée à décider seule si elle voulait ou non aller chez son père

(Et l'autre bien sûr qu'elle ne supportait pas car il y avait quatre enfants dans ce nouveau foyer.)

Oublié notre séjour à Sanary en amoureux en 91 ? Sans doute, vu le peu de scrupules qu'il a eu par la suite.

Désastre de cette soirée de la Saint Sylvestre avec des collègues pour me changer les idées et qui m'a vu écroulée en larmes sur le volant avant de rentrer seule chez moi, pas le cœur à la fête du tout.

Ces sorties en voiture, seule, pour avaler des kilomètres, me retrouver à l'abbaye de Frigolet et faire une prière, en larmes...

Ou dans l'arrière-pays vers le Toulourenc pour ne pas rester entre quatre murs et promener la fox-terrier adoptée au refuge de la SPA quelques mois après son départ. Car il avait promis un chien à notre fille depuis longtemps, sans jamais tenir parole. Et l'arrivée de cette belle chienne fox adorable lui a fait un bien fou.

Mais à moi aussi.

Ou recevoir des jeunes étudiantes américaines et leur faire visiter le coin, partager un repas, ambiance Franco-américaine pour me remettre à l'anglais.

Bel échange qui a mis un peu d'ambiance dans la maison.

Au fil des jours, les années passent, cruellement.

Les soi-disant amis qui vous tournent le dos.... Difficile d'inviter une célibataire parmi des couples et les jours passent, on vous oublie,

Mariage de notre fils ainé ? Il a choisi de ne pas venir.

Et puis un jour, baptême de notre première petite-fille, il était là, arrivé juste devant moi sur le parking de l'église... Le choc ! Comme des gens civilisés que nous sommes, on s'embrasse sur la joue...

Par chance, il est seul. Mais que c'est dur ! Je l'aime toujours et j'ai bien du mal à gérer mes émotions.

Au repas, il s'est tenu loin de moi.

Autre baptême, du petit-fils cette fois, autres conditions, il est seul là aussi et je me retrouve à table à ses côtés, comme un couple, avec un autre couple. Il est prévenant, attentif, à mes petits soins... au point que ce couple d'inconnus nous croient mari et femme...

Pourquoi avons-nous été ainsi mis ensemble à cette table ? Mystère.

Mais le retour chez moi a été plus que difficile. Je craque, je hurle à la mort pour faire passer ma colère, vider cette énergie rentrée pour montrer beau visage durant ce repas de fête, mais à quel prix ?

En dehors de ces moments dits familiaux, il ne veut plus me parler ni me voir, cette prestation compensatoire due ne passe pas. Et pourtant justifiée.

Vingt-quatre ans après, je me pose encore la question. Pourquoi ?

Manque de dialogue de sa part c'est sûr, nous aurions pu éviter tout ça.

Résultat : une belle famille éclatée en morceaux. Les enfants ne se parlent plus, et lui, fait toujours le mort, se manifestant rarement.

Que s'est-il passé au Tchad pour qu'il en revienne si

changé ?

Il m'arrive de penser que là-bas il a été « marabouté » pour une raison ou une autre. Je ne vois pas d'autres explications. Alors que d'autres copains sont revenus normaux, lui, je ne le reconnaissais plus.

Il s'attardait à droite, à gauche, chez l'un ou l'autre pour reculer le moment de rentrer chez nous, limite pompette comme je disais. Alcool mondain, pour notre médecin de famille à qui je confiais mes inquiétudes.

Et encore une fuite en déménageant je ne sais où sans me donner ses coordonnées, alors qu'il me semblait avoir renoué un semblant de lien pour notre fille qui va mal. Mais non, il se tient loin des problèmes de notre «ancienne famille ».

Vingt-quatre ans aujourd'hui qu'il a décidé de partir comme un voleur de cœur.

Une vie a coulé depuis cette fuite, lui a refait sa vie deux fois, un remariage loupé et un concubinage notoire ensuite. Ou un mariage sans que je le sache ?

Et moi, n'ayant pas refait ma vie, me voilà seule, isolée,

en mauvaise santé aussi, après avoir frôlé la mort fin 2012 à cause d'une maladie rare.

Pourquoi m'a-t-on sauvé la vie ? Il aurait mieux valu que je parte définitivement au royaume des cieux car ce que je vis depuis n'est pas une vie.

Ma fille ne veut plus me voir, me traitant de toxique !

Elle a rompu les liens avec tout le monde et je m'inquiète pour elle.

J'ose croire qu'elle a trouvé enfin le bonheur.

Les garçons font leur vie, chacun de son côté, sans faire d'effort pour se rapprocher l'un de l'autre.

Je dois faire attention à ce que je dis, à ce que je fais. J'essaie de prendre du recul, de la distance, de me blinder le cœur aussi, sinon je crève.

Sans doute que la roue tournera un jour ?

Je n'attends plus rien de la vie car elle se résume pour moi en séjours à l'hôpital et vie dans cet appartement dont je ne peux plus sortir sans aide.

Je vois rarement mes enfants et petits-enfants. J'écris pour me libérer, thérapie sans doute ?

Je viens d'apprendre que je vais être mamie pour la cinquième fois.

Et lui, le grand-père, pense-t-il à moi comme je pense à lui ? Peut-on effacer ainsi vingt ans de vie commune sans une pensée pour l'autre ?

Je ne crois pas.

Le temps a passé et nous voilà avec un autre petit-fils. Nous connaitra-t-il ?

Je reçois des photos, cela me fait tenir mais combien de fois j'ai eu envie de baisser les bras ? Pas de nouvelles de la maman. Fatiguée par l'allaitement ? Ou parce qu'elle ne veut pas renouer pour de bon ?

J'aurais aimé lui parler d'elle et de son bébé.

Nos longues conversations téléphoniques d'avant, complices, me manquent.

Je viens d'apprendre qu'il a subi une opération, pose d'une pile au cœur …

Je demande de ses nouvelles, c'est motus et bouche cousue, nos enfants font barrage, pourquoi ? Du mal à comprendre.

Notre ainé s'est remarié, il était là, parmi les invités, avec sa compagne.

Une photo de groupe dans la mairie l'a trahi, je l'aurais reconnu entre mille malgré les changements dus au blanchiment des cheveux, à la barbe façon mousquetaire, à la calvitie frontale dont notre ainé a hérité aussi et ses lunettes sombres pour protéger ses yeux...

Notre fille m'a fait la surprise d'enfin oser me demander pardon et s'excuser de son comportement, j'ai apprécié car je n'imaginais pas que ça arrive un jour.

On est reparties d'un bon pied, je crois. Ce bébé a fait bouger nos relations.

Elle est venue depuis plusieurs fois me voir avec son beau bébé et son compagnon.

Ce 2 Octobre 1992 a été le début d'un jeu de dominos, où tout s'écroule un après l'autre. Jeux de dominos dont j'aimais voir les concours à la télé...

Il nous a broyés, écrasés, quel gâchis ! Quel tsunami il a déclenché sans en prévoir les conséquences !

Est-il heureux au moins ?

Lui et moi, des soucis de santé en prime, voilà le résultat de vingt ans de bonheur balayés par son inconséquence.

Notre petite-fille vient de fêter ses 18 ans, mais pas avec la famille entière réunie, hélas. Famille recomposée qui a du mal à trouver ses marques.

J'ai fait ce que j'ai pu pour marquer le coup malgré mon état de santé ; faire difficilement un gâteau à la noix de coco et une crème anglaise...

Mais moi qui étais excellente pâtissière, je fatigue et ne suis plus ce que j'ai été.

On a parlé et j'ai oublié d'allumer les bougies.

Toutes ces années, j'ai vécu ou plutôt survécu. J'ai voyagé à La Réunion, seule, sans lui, chez nos amis qui me recevaient pour mes cinquante ans.

Souvenirs magnifiques, ces quinze jours de Juin 2000, mais il était dans mes pensées chaque jour. Son ami, Mathieu, son frère de cœur, est décédé depuis, hélas.

C'était comme mon grand frère aussi et il me manque.

Voyage en Martinique pour retrouver notre cadet, marin

en poste là-bas pour trois ans. Date inoubliable d'arrivée : onze Septembre 2001 ! Gravée à jamais dans la mémoire collective, hélas.

Notre avion aurait pu être celui d'un kamikaze ! Drôle d'impression, drôle de destin.

Là aussi il était dans mes pensées, j'aurais tant aimé que nous y soyons ensemble. Mais nous y étions à cinq, une vraie colonie, des vacances découvertes excellentes mais sans toi.

Levers du soleil sur la plage de l'Anse-à-l'âne face à Fort-de-France, instants magiques que tu n'auras pas vécu. Le Jardin de Balata, Saint-Pierre et les ruines laissées par l'éruption volcanique la plus meurtrière du XXe siècle; sa nuée ardente paroxystique du 8 mai 1902 reste célèbre pour avoir en quelques minutes entièrement détruit ce qui était alors la plus grande ville de l'île de la Martinique, Saint-Pierre.

La grande plage des Salines bordée de cocotiers, avec ses marchands d'ananas découpés prêts à déguster.

Le grand marché de Fort-de-France haut en couleurs et

en odeurs, le petit resto où nous nous sommes régalés d'un plat local à base de poisson.

Ce magasin où j'ai acheté un paréo en sympathisant avec la vendeuse, j'y serais bien retournée. Et ces rhumeries célèbres… bref, nous avions fait les touristes, avec un bon moment aussi à visiter ce fameux fort, gardien des derniers gros iguanes.

Prendre la navette bateau-bus pour rejoindre Fort-De-France depuis notre plage, en traversant la baie, moment magique, idyllique.

Dernières vraies vacances. Je ne le savais pas.

Il a manqué de belles choses, et en a vécu d'autres sans moi.

Mariés pour le meilleur comme pour le pire, dans la santé comme dans la maladie... J'étais persuadé de finir nos vies côte à côte, main dans la main.

Je finis seule, dépendante, n'ayant que les bons moments que nous avons vécu pour me retenir.

Nous avons perdu notre second « grand frère » Étienne, d'un cancer généralisé à soixante-quatorze ans, le roi de la drague et de la blague. Il n'est pas allé l'accompagner pour son dernier voyage, lui qui avait, avec Mathieu, tout fait pour qu'il rentre définitivement auprès des siens car je lui pardonnais son égarement.

Soucis de santé aussi, quelle belle paire nous faisons, même loin l'un de l'autre !

Je suis nostalgique de ce qui a été, ces années de bonheur, d'amour, de complicité jusqu'à ce jour où tout a basculé !

Et vous ? Vous auriez réagi comment ?

Voilà ce que nous a raconté mon amie Marjolaine, une histoire comme il en arrive trop souvent, de plus en plus, hélas.

Histoire émouvante, triste et banale, loin du cliché du Prince charmant du début.

Pour le meilleur et pour le pire …

TABLE

LE ROI DU LUBÉRON..........................11

SOUVENIRS AU COIN DU FEU..........19

L'INCONNU DU TÉLÉPHONE............31

UN MONDE NOUVEAU......................41

L'ÉTÉ DES RAISINS............................51

QUI A VOLÉ NOS TRÉSORS ?.............57

L'HISTOIRE DE MARJOLAINE...........67

Mes remerciements à :

Sabine, qui a été mon rayon de soleil de tous les jours ces dix dernières années,

Sarah ma petite-fille qui m'encourage aussi,

Mes cousines Viviane et Karine pour leur aide.

À mes enfants et mes petits-enfants que j'aime profondément,

À mes soeurs Odile et Christiane pour leurs soutiens tout au long de ces années.

À Corinne Falbet-Desmoulin, écrivaine au grand coeur qui m'a encouragée et beaucoup aidée. Lisez ses livres, vous ne le regretterez pas.